U0068139

雲 上 的 阿 里

文·圖 城井 文　　譯 陳瀅如

綿羊媽媽一個人
住在一個美麗又舒服的村莊裡。
以前，小綿羊阿里也和媽媽一起住，
可是他突然就離開了這個世界。
綿羊媽媽好傷心啊！
傷心到什麼事情都做不了。
不管是郵差先生來按門鈴，還是朋友們來探訪，
綿羊媽媽誰都不想見。
即使到了吃飯時間或點心時間，
她什麼也不想吃。
心裡滿滿悲傷的綿羊媽媽，
整天在家裡什麼也不做，只是一直睡覺。

這個時候，小綿羊阿里從雲上
望著傷心的綿羊媽媽。
其實，阿里是突然從媽媽身邊離開的，
他也覺得好害怕，不知道該怎麼辦才好；
而且看到原本活力又開朗的媽媽
現在難過的樣子，
他就好想馬上跑回媽媽的身邊。
阿里心想，如果媽媽看到他，
應該就會和以前一樣有活力了。

雲上有好多的綿羊排排站，
等著要過河。
河邊站著一位看守人路西法，
他負責看著綿羊們有沒有排好隊。
大家排隊的時候，
手上都拿著自己活著時最珍貴的寶貝。
像平底鍋、 小提琴、 提箱和放編織物的籃子……
雖然大家拿在手上的東西不一樣，
卻都裝著滿滿的回憶。
但是， 只要渡過這條河， 所有回憶都會消失，
然後出發前往新的世界。

隊伍緩緩的前進，
就快要輪到阿里了。
他感到好擔心啊！
因為，只要渡過這條河，
他覺得自己就再也見不到媽媽了。
阿里無論如何都想再見媽媽一面，
他左思右想有沒有好辦法。
這時候，阿里忽然發現
隊伍前綿羊奶奶的籃子裡，
放著剃毛的工具。

阿ˇ里ˇ跟ㄍ綿ㄇ羊ㄧ奶ㄋ奶ㄋ借ㄐ了ㄌ
那ㄋ把ㄅ剃ㄊ毛ㄇ的ㄉ工ㄍ具ㄐ後ㄏ,
靜ㄐ悄ㄑ悄ㄑ的ㄉ離ㄌ開ㄎ隊ㄉ伍ㄨ,
開ㄎ始ㄕ剃ㄊ起ㄑ自ㄗ己ㄐ身ㄕ上ㄕ的ㄉ羊ㄧ毛ㄇ。

接ㄐ著ㄓ, 把ㄅ剃ㄊ下ㄒ來ㄌ的ㄉ毛ㄇ揉ㄖ成ㄔ圓ㄩ圓ㄩ的ㄉ,
「 對ㄉ! 對ㄉ! 大ㄉ小ㄒ剛ㄍ剛ㄍ好ㄏ。 」阿ˇ里ˇ說ㄕ。
再ㄗ將ㄐ圓ㄩ毛ㄇ球ㄑ拉ㄌ長ㄔ, 接ㄐ在ㄗ一一起ㄑ。

阿Y里ㄌㄧˇ做ㄗㄨㄛˋ好ㄏㄠˇ了ㄌㄜ˙， 是ㄕˋ一ㄧ條ㄊㄧㄠˊ好ㄏㄠˇ長ㄔㄤˊ好ㄏㄠˇ長ㄔㄤˊ的ㄉㄜ˙繩ㄕㄥˊ子ㄗ˙。
阿Y里ㄌㄧˇ想ㄒㄧㄤˇ抓ㄓㄨㄚ著ㄓㄜ˙這ㄓㄜˋ條ㄊㄧㄠˊ繩ㄕㄥˊ子ㄗ˙爬ㄆㄚˊ下ㄒㄧㄚˋ去ㄑㄩˋ找ㄓㄠˇ媽ㄇㄚ媽ㄇㄚ˙。

阿里將綁好的繩子使勁的拋下去。

繩子前端已掉落到下方，幾乎看不到，
左搖搖、右晃晃的搖晃著。
阿里感到有點害怕，但還是鼓起勇氣，
抓著繩子往下爬。

咻——一陣風吹來，
繩子搖晃得更大力。
阿里也跟著一起
搖哇搖，晃啊晃。

眼看就快被吹走了，
阿里緊閉著雙眼，
手緊抓著繩子不放。

風漸漸平靜下來，
阿里繼續慢慢、慢慢的
抓著繩子往下爬。
「還差一點點，
就差那麼一點點了。」

阿里雙腳踏在柔軟的草上，
他終於到達地面了。
阿里飛快的跑回家。
他一口氣穿過了大門，
媽媽的身影
映入了眼簾。

「媽媽！是我！阿里啊！」

阿ㄚ里ㄌㄧ撲ㄆㄨ到ㄉㄠ媽ㄇㄚ媽ㄇㄚ身ㄕㄣ上ㄕㄤ，
一ㄧ直ㄓ對ㄉㄨㄟ著ㄓㄜ媽ㄇㄚ媽ㄇㄚ說ㄕㄨㄛ話ㄏㄨㄚ，
可ㄎㄜ是ㄕ媽ㄇㄚ媽ㄇㄚ卻ㄑㄩㄝ看ㄎㄢ都ㄉㄡ沒ㄇㄟ看ㄎㄢ一ㄧ眼ㄧㄢ。
原ㄩㄢ來ㄌㄞ， 綿ㄇㄧㄢ羊ㄧㄤ媽ㄇㄚ媽ㄇㄚ根ㄍㄣ本ㄅㄣ看ㄎㄢ不ㄅㄨ到ㄉㄠ阿ㄚ里ㄌㄧ啊ㄚ ！

即ㄐㄧ使ㄕ這ㄓㄜ樣ㄧㄤ， 阿ㄚ里ㄌㄧ還ㄏㄞ是ㄕ咚ㄉㄨㄥ咚ㄉㄨㄥ咚ㄉㄨㄥ敲ㄑㄧㄠ著ㄓㄜ媽ㄇㄚ媽ㄇㄚ的ㄉㄜ肚ㄉㄨ子ㄗ，
一ㄧ直ㄓ呼ㄏㄨ喊ㄏㄢ著ㄓㄜ媽ㄇㄚ媽ㄇㄚ。

看守人路西法來到小綿羊家。
現在，阿里不得不回去雲上了。
阿里不斷的大聲呼喊著：
「媽媽！ 媽媽！ 」
最後，還是被路西法帶回去了。

這時候， 綿羊媽媽好像聽到阿里在叫她，
不禁抬起頭來看。
她感覺肚子周圍暖暖的，
就像以前阿里跑來抱抱時那樣的溫暖。

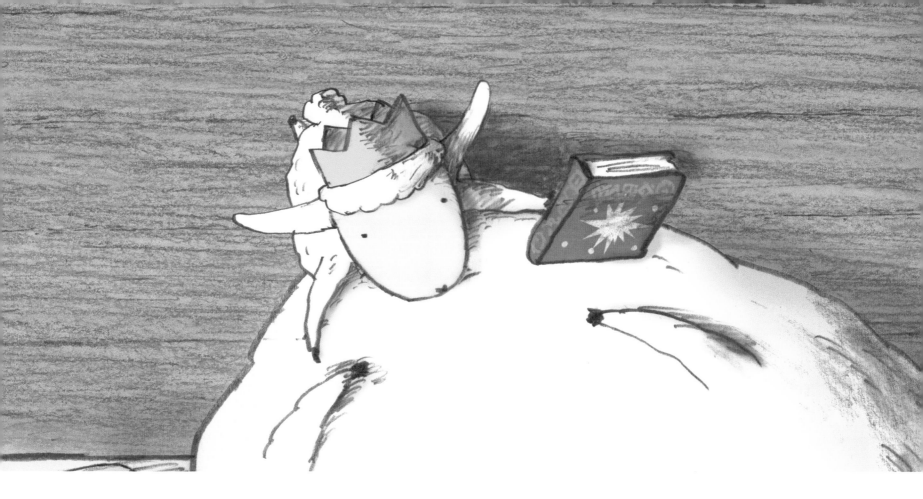

阿ㄚ里ㄌㄧ以ㄧˇ前ㄑㄧㄢˊ就ㄐㄧㄡˋ很ㄏㄣˇ會ㄏㄨㄟˋ撒ㄙㄚ嬌ㄐㄧㄠ。

不ㄅㄨˋ管ㄍㄨㄢˇ是ㄕˋ媽ㄇㄚ媽ㄇㄚ做ㄗㄨㄛˋ飯ㄈㄢˋ時ㄕˊ，還ㄏㄞˊ是ㄕˋ洗ㄒㄧˇ衣ㄧ服ㄈㄨˊ時ㄕˊ，

阿ㄚ里ㄌㄧ總ㄗㄨㄥˇ會ㄏㄨㄟˋ說ㄕㄨㄛ：「媽ㄇㄚ媽ㄇㄚ，妳ㄋㄧˇ看ㄎㄢˋ！」然ㄖㄢˊ後ㄏㄡˋ緊ㄐㄧㄣˇ緊ㄐㄧㄣˇ的ㄉㄜ˙擁ㄩㄥ抱ㄅㄠˋ媽ㄇㄚ媽ㄇㄚ。

綿ㄇㄧㄢˊ羊ㄧㄤˊ媽ㄇㄚ媽ㄇㄚ覺ㄐㄩㄝˊ得ㄉㄜ˙煩ㄈㄢˊ惱ㄋㄠˇ時ㄕˊ，只ㄓˇ要ㄧㄠˋ看ㄎㄢˋ到ㄉㄠˋ可ㄎㄜˇ愛ㄞˋ的ㄉㄜ˙阿ㄚ里ㄌㄧ，

不ㄅㄨˋ管ㄍㄨㄢˇ什ㄕㄜˊ麼ㄇㄜ˙時ㄕˊ候ㄏㄡˋ都ㄉㄡ會ㄏㄨㄟˋ溫ㄨㄣ柔ㄖㄡˊ的ㄉㄜ˙抱ㄅㄠˋ抱ㄅㄠˋ他ㄊㄚ。

綿羊媽媽回想起某一個冬天。
阿里睡前，最喜歡聽媽媽說故事了。
綿羊媽媽說過好多本故事書，
阿里特別喜歡一本有關星星的書。
其中一個畫面，夜空掛滿一閃一閃的星星，
阿里總會睜大著雙眼，眨也不眨的。

綿羊媽媽看著阿里那專注的表情，
即使是冬天，心裡也暖暖的。

綿羊媽媽又回想起某一個溫暖的春天。
那天是阿里的生日，
她和阿里一起做了一只金光閃閃的王冠。
阿里第一次使用剪刀，
因為剪得不太好而哭了起來。
她溫柔的握著阿里的手，教他怎麼剪東西。
阿里很努力的做好了一只金光閃閃的王冠，
真的做得好好哇，好棒啊！

對綿羊媽媽來說，阿里臉上的笑容，
才是最閃閃發亮的。

綿羊媽媽再次回想起某一個夏天。

樹木翠綠茂盛，到了炎熱的季節。

她剃掉阿里身上的羊毛，

剃掉捲捲毛的過程中，阿里都乖乖站著，

一剃完，阿里忍不住顫抖了一下。

溫暖的羊毛都剃得光溜溜，難怪會覺得有點冷。

綿羊媽媽輕輕柔柔的擁抱著阿里，

用自己暖烘烘的羊毛來溫暖他。

最後，綿羊媽媽回憶起某一個秋天。
她將阿里身上剃下來的羊毛，
細心搓揉成細長的毛線。
綿羊媽媽和阿里約定好要用這些毛線，
幫他織一件毛衣。
阿里好開心啊！
期待著穿上這件毛衣。

可是，在毛衣還沒織好前，
小綿羊阿里就離開這個世界了。

綿羊媽媽想起這個和阿里的重要約定。
那件編織到一半的毛衣，
一直放在床底下的籃子裡。
一開始， 綿羊媽媽慢慢的織著，
漸漸的， 她加快了速度，
在太陽就快要下山時， 毛衣織好了。

綿羊媽媽拿起毛衣， 走到門外。
這是阿里離開後，
她第一次走出戶外。
屋外， 美麗的夕陽映照在樹上，
柔和的橘色光線， 溫暖的包覆著房子和葉子。
舒服的微風吹來，
當綿羊媽媽看著雙手時， 那件毛衣消失了。

在<ruby>雲<rt>ㄩㄣ</rt></ruby>上<ruby><rt>ㄕㄤ</rt></ruby>， 小<ruby><rt>ㄒㄧㄠ</rt></ruby><ruby>綿<rt>ㄇㄧㄢ</rt></ruby><ruby>羊<rt>ㄧㄤ</rt></ruby>阿里<ruby>坐<rt>ㄗㄨㄛ</rt></ruby>著<ruby><rt>ㄓㄜ</rt></ruby><ruby>動<rt>ㄉㄨㄥ</rt></ruby>也<ruby><rt>ㄧㄝ</rt></ruby>不<ruby><rt>ㄅㄨ</rt></ruby><ruby>動<rt>ㄉㄨㄥ</rt></ruby>。
<ruby>綿<rt>ㄇㄧㄢ</rt></ruby><ruby>羊<rt>ㄧㄤ</rt></ruby><ruby>媽<rt>ㄇㄚ</rt></ruby><ruby>媽<rt>ㄇㄚ</rt></ruby><ruby>沒<rt>ㄇㄟ</rt></ruby>有<ruby><rt>ㄧㄡ</rt></ruby><ruby>發<rt>ㄈㄚ</rt></ruby><ruby>現<rt>ㄒㄧㄢ</rt></ruby>到<ruby><rt>ㄉㄠ</rt></ruby>阿里<ruby>來<rt>ㄌㄞ</rt></ruby><ruby>見<rt>ㄐㄧㄢ</rt></ruby>她<ruby><rt>ㄊㄚ</rt></ruby>，
<ruby>這<rt>ㄓㄜ</rt></ruby><ruby>讓<rt>ㄖㄤ</rt></ruby>阿里<ruby>失<rt>ㄕ</rt></ruby>去<ruby><rt>ㄑㄩ</rt></ruby><ruby>渡<rt>ㄉㄨ</rt></ruby><ruby>河<rt>ㄏㄜ</rt></ruby>的<ruby>勇<rt>ㄩㄥ</rt></ruby><ruby>氣<rt>ㄑㄧ</rt></ruby>。
可<ruby><rt>ㄎㄜ</rt></ruby>是<ruby><rt>ㄕ</rt></ruby>， 等<ruby><rt>ㄉㄥ</rt></ruby>一<ruby><rt>ㄧ</rt></ruby>下<ruby><rt>ㄒㄧㄚ</rt></ruby><ruby>就<rt>ㄐㄧㄡ</rt></ruby>要<ruby><rt>ㄧㄠ</rt></ruby><ruby>渡<rt>ㄉㄨ</rt></ruby><ruby>過<rt>ㄍㄨㄛ</rt></ruby><ruby>這<rt>ㄓㄜ</rt></ruby><ruby>條<rt>ㄊㄧㄠ</rt></ruby>河<ruby><rt>ㄏㄜ</rt></ruby>了<ruby><rt>ㄌㄜ</rt></ruby>。

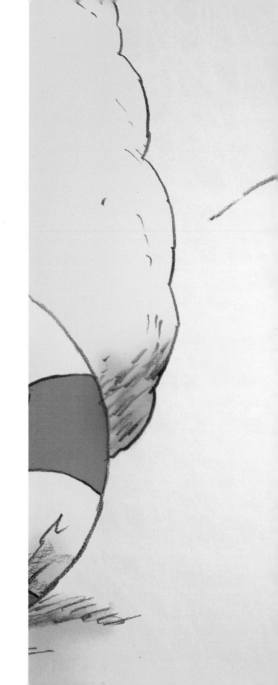

這次，輪到小綿羊阿里了。
阿里沒精神的站了起來，
就在這個時候，
忽然吹來了
輕輕柔柔的微風。

有一個溫暖的東西
包裹住阿里。
那是媽媽和阿里約定好，
要織給他的毛衣。
綿羊媽媽有回想起來，
阿里最期待收到的東西。

阿里感覺就像被媽媽溫暖的擁抱著，
這次他有勇氣了。
阿里輕巧的過河，
原本感到不安的心情，
一下子變得好輕鬆啊！
阿里頭上的王冠消失不見了，
不過，毛衣還留在身上。
就像和媽媽一起度過的那段珍貴時光，
暖暖的。

阿里一回頭， 只見路西法將手杖轉了一圈。
這時， 阿里做的那條繩子，
逐漸消失， 化成一閃一閃的星星。

「 謝謝！」
小綿羊阿里向路西法道謝。
「 我可以的唷。」
他感覺星星們將這個信息傳給媽媽了。

上萬顆閃閃發亮的星星，布滿在浩大的夜空中。
就像阿里最喜歡的那本書中的星空一樣。
綿羊媽媽覺得那就是阿里傳來的信息。
心中明白阿里已經前往天堂了。
綿羊媽媽不再哭泣，
因為，一起度過的幸福時光，
就是阿里留給綿羊媽媽最珍貴的寶貝。

文·圖 城井 文（Shiroi Aya）

出生於日本東京都。東京藝術大學設計系畢業。著手創作兒童節
目、電視廣告、音樂錄影帶的動畫作品，書籍裝禎的插畫作品等。

本書改寫自 RAM WIRE『僕らの手には何もないけど、』(2015 年發
行) 音樂錄影帶的動畫內容。

譯 陳瀅如

喜歡孩子，曾經前往日本學習兒童文學。目前，從事童書譯介、教
育教學工作、關懷兒童志業。
譯作有《媽媽看我！》、《蔬菜寶寶躲貓貓》、《橡果與山貓》、
《Life 幸福小舖》等。

國家圖書館出版品預行編目(CIP)資料

雲上的阿里/城井文文.圖;陳瀅如譯.--第二版.--臺北市:親子天下股份有限公司,2023.09
48面;25.7*18.2公分--(繪本;341)
國語注音
譯自:くものうえのハリ:ぼくとおかあさんのたからもの
ISBN978-626-305-544-5(精裝)

861.599   112011316

Original Japanese title : Kumo no Ue no Harry Boku to Okåsanno Takaramono
Originally published in Japanese by PIE International in 2015
PIE International 2-32-4 Minami-Otsuka, Toshima-ku, Tokyo 170-0005 JAPAN
©2015Aya Shiroi /Sony Music Associated Records /PIE International

繪本 0341

雲上的阿里

文·圖｜城井文　譯｜陳瀅如

責任編輯｜陳婕瑜　美術設計｜林子晴　行銷企劃｜高嘉吟
天下雜誌群創辦人｜殷允芃　董事長兼執行長｜何琦瑜
媒體暨產品事業群
總經理｜游玉雪　副總經理｜林彥傑　總編輯｜林欣靜
行銷總監｜林育菁　副總監｜蔡忠琦　版權主任｜何晨瑋、黃微真
出版者｜親子天下股份有限公司　地址｜台北市 104 建國北路一段 96 號 4 樓
電話｜（02）2509-2800　傳真｜（02）2509-2462　網址｜www.parenting.com.tw
讀者服務專線｜（02）2662-0332 週一～週五：09:00～17:30　讀者服務傳真｜（02）2662-6048
客服信箱｜parenting@cw.com.tw
法律顧問｜台英國際商務法律事務所·羅明通律師　製版印刷廠｜中原造像股份有限公司
總經銷｜大和圖書有限公司 電話：（02）8990-2588
出版日期｜2017 年 3 月第一版第一次印行
　　　　　2023 年 9 月第二版第一次印行
　　　　　2024 年 10 月第二版第四次印行
定價｜360 元　書號｜BKKP0341P　ISBN｜978-626-305-544-5（精裝）
訂購服務─
親子天下 Shopping｜shopping.parenting.com.tw
海外 · 大量訂購｜parenting@cw.com.tw
書香花園｜台北市建國北路二段 6 巷 11 號 電話（02）2506-1635
劃撥帳號｜50331356 親子天下股份有限公司

立即購買 >